LA NOIX DU SOIR

TYPOGRAPHIE

EDMOND MONNOYER

LE MANS (SARTHE)

EXTRAITS

DES

VOIX DU SOIR

POÉSIES

PAR A^d LECONTE

EXPERT-BIBLIOGRAPHE,
MEMBRE DE L'ACADÉMIE POÉTIQUE DE FRANCE,
DE LA SOCIÉTÉ HISTORIQUE ET ARCHÉOLOGIQUE DU MAINE,
DE L'ACADÉMIE MONT-RÉAL DE TOULOUSE,
DE LA SOCIÉTÉ DES SCIENCES ET DES ARTS DE LA SARTHE,
MEMBRE D'HONNEUR DES CONCOURS LITTÉRAIRES
DU MIDI, ETC.

PARIS

EDOUARD ROUVEYRE

EDITEUR DE *l'Académie poétique* DE FRANCE

1, Rue des Saints-Pères, 1

1879

LA COMPAGNE DU POÈTE

Quel est ton nom, pâle étrangère,
Qui comme une ombre suis mes pas,
Et dont la voix touchante, austère
Me parle sans cesse tout bas ?...

Qui donc es-tu, belle sylphide
Qui m'apparais à tout moment,
De noir vêtue, et l'œil humide
En me regardant tristement ?

Soit que je veille ou que je rêve
Je t'aperçois à mon côté,
Toujours anxieuse, et sans trève
Me souriant avec bonté !

Dis-moi ton nom douce Eplorée
Dont je sens la main sur mon cœur,
Et qui sembles désespérée
D'y voir encor tant de chaleur !..

— Qui je suis, ô pauvre poète ?
Tu me demandes qui je suis,
Quand depuis dix ans, tête à tête,
Nous vivons tous deux jours et nuits !..

Quelle fièvre brûle ta veine ?
Quoi ! ne me reconnais-tu pas ?
Je suis ta seule Souveraine
Et ton seul refuge ici-bas !

Je suis la compagne attendrie
De tes plus mauvais jours passés ;
De ta mémoire endolorie
Ces jours sont-ils donc effacés ?

Un soir d'une époque lointaine,
Je t'ai rencontré sous mes pas,
Meurtri, brisé, vivant à peine...
Je t'ai réchauffé dans mes bras !

Et dans les plis de ma ceinture
Je t'ai bercé comme un enfant,
Et j'ai versé sur ta blessure
Un baume pur, adoucissant !

La nuit sur ton chevet penchée
Je veille encor sur ton sommeil,
Et dès l'aube à peine ébauchée
Tu me revois à ton réveil !

Je te parle quand l'insomnie
T'agite et bout dans ton cerveau ;
Et comme un bienfaisant Génie
Je prends ma part de ton fardeau !

Je calme ton âme brûlante.....

Et brisant dans ton pauvre cœur

Toute illusion décevante

Je te vois devenir meilleur !

Reconnais-moi ; que ton délire

Finisse enfin de m'effrayer,

Et laisse-moi sans me maudire

M'asseoir encore à ton foyer !

Ami, rends-moi ton bon sourire,

Je suis ta compagne, ta sœur,

Et mon nom, s'il faut te le dire

Apprends-le : Je suis la Douleur !

Extrait des Voix du soir.

ELI, LAMMA SABACTHANI !

STANCES AU CHRIST

Quand tu marchas au sacrifice,

O Christ ! outragé, chancelant ;

Sur l'instrument de ton supplice

Quand tu fus jeté tout sanglant ;

Doutant presque, hélas ! de toi-même,

Tu voulus éloigner de toi,

Dans ton accablement suprême

La mort objet de ton effroi !

Trahi de tous, à l'heure amère,

Tu poussas un cri douloureux :

« Toi donc aussi, dis-tu, mon Père !

« Tu m'as abandonné comme eux !... »

Ce cri de doute et de détresse,

Si lamentablement jeté,

A nos lèvres monte sans cesse ;

C'est le cri de l'humanité !..

Nous aussi dans nos défaillances,

Dans nos heures vides de foi,

Dévoilant toutes nos souffrances,

O Jésus ! nous crions vers toi !

Le doute est le ver qui nous ronge

Sur ce globe désenchanté ;

Pourquoi laisses-tu le mensonge

Triompher de la vérité ?..

N'es-tu plus le Sauveur du monde,

Le foyer de toute clarté ?..

Ta parole est-elle inféconde ?

Quand règnera la Charité ?

Voyant nos troubles, nos misères,

Tu nous as dit en plus d'un lieu,

Que tous les hommes sont des frères

Et les enfants d'un même Dieu !

Ta voix pourtant s'est répandue,

Ton noble cri s'est répété !

Ta voix est-elle confondue,

Verrons-nous la Fraternité ?

Hélas ! comme au temps de Tibère

Ce vieux monde est tout vermoulu !

Et sur les clartés du Calvaire

La nuit lugubre a prévalu !

Partout règnent, fléaux de l'âme :

La haine et la duplicité,

L'or-dieu, l'hypocrisie infâme,

La bassesse et la lâcheté !

La guerre impie et fratricide

Partout allume ses fureurs !..

Partout même rage homicide

Mêmes crimes des oppresseurs !.

Partout mêmes vertus proscrites,

Et même orgueil des enrichis,

Et mêmes races d'hypocrites,

Et mêmes sépulcres blanchis !

Partout même lettre qui tue

Et mêmes rites surannés,

Et même loi qu'on prostitue

Et mêmes tyrans couronnés !..

Hérode est toujours roi, quand même

Hérodiade a mille attraits

En se jouant du diadème;

Caïphe est plus fort que jamais !..

Le riche au cœur inexorable,

De tous les biens rassasié,

Voue à la faim le misérable,

Et pour Lazare est sans pitié !

Doux Prophète de Galilée,

Est-ce là ce que tu rêvais

Pour cette terre désolée,

Pour sauver ce monde mauvais ?

Ta voix, ô Christ, est méconnue

Comme au temps des Pharisiens....

Et toujours, malgré ta venue,

L'homme sacrifie aux faux biens !

Entends-tu le bruit des orgies

De nos modernes Baltazars ?

Les hideuses apologies

Des plus exécrables Césars ?

Entends-tu le cri des victimes

De la misère et de la faim ?

De tant d'insondables abîmes

As-tu sondé le mal sans fin ?..

Revois-tu les marchands cyniques,

Les vendeurs qu'un jour tu chassas ?

Reconnais-tu sous ces portiques

Les tréteaux que tu renversas ?..

Ces contempteurs de la justice,

Ces scribes subtils, ces vautours,

Ces vains docteurs pleins de malice,

Triompheront-ils donc toujours ?..

Eh bien ! laisse-leur la victoire

A ces puissants du jour gorgés ;

O Christ ! c'est assez pour ta gloire

D'être l'ami des affligés !..

Extrait des Voix du soir.

TRAVAUX BIBLIOGRAPHIQUES

DU MÊME AUTEUR

CATALOGUE des livres composant la bibliothèque de feu
M. de Lourmel. Le Mans, 1864, in-18................... 1 fr.

CATALOGUE des livres composant la bibliothèque de
M. L.., ancien magistrat. Le Mans, 1865, in-8......... 1 fr.

CATALOGUE des livres composant la bibliothèque de feu
M. Desportes, savant naturaliste, membre des Sociétés
géologique et botanique de France, auteur de la *Flore*
du Maine, etc. Paris, Savy, 1866, in-8................ 1 fr.

CATALOGUE raisonné de Bibliographie et d'Iconographie
cénomanes. Le Mans, 1866, in-8...................... 1 fr.

CATALOGUE des livres composant la bibliothèque de feu
M. Contencin, ancien officier d'artillerie. Le Mans, 1868,
in-18 .... 1 fr.

CATALOGUE des livres composant la bibliothèque de feu
M. Arnouilleau, chef de bureau à l'Hôtel de ville du
Mans (3,500 volumes). Le Mans, 1868, in-8........... 1 fr.

CATALOGUE des livres composant la bibliothèque de
M. d'Espaulart. Le Mans, 1869, in-8............... 1 fr. 50

CATALOGUE des livres composant la bibliothèque de l'ancien
collège de N.-D. de Sainte-Croix (15,000 volumes) ; et
inventaire des cabinets de physique et d'histoire natu-
relle du même établissement. Le Mans, 1869, 1 vol.
in-8......... .... 2 fr.

CATALOGUE des livres composant la bibliothèque de feu
M. Calbris, ancien professeur de l'Université (3,000 volumes). Le Mans, 1869, 1 vol. in-8.................... 1 fr.

CATALOGUE des livres composant la bibliothèque de feu
le savant curé de Sainte-Cérotte : M. Gallienne, philo-
logue et naturaliste, membre de la Société géologique
de France (7,000 volumes). Le Mans, 1870, in-8....... 1 fr.

CATALOGUE des livres composant la bibliothèque de feu
M. Lorin du Boille. Le Mans, 1872, in-18............. 1 fr.

CATALOGUE des livres composant la bibliothèque de feu
M. Bourgeot, professeur de philosophie au Lycée du
Mans. Le Mans, 1872, in-18...................... 1 fr.

INVENTAIRE sommaire des livres composant les biblio-
thèques de M. le baron de Saint-Julien, de M. Dorize.
Le Mans, 1872..... .... 1 fr.

CATALOGUE des livres composant la bibliothèque de feu
M. Manceau, bibliothécaire-archiviste de la ville du
Mans, membre de la Société Botanique de France,
secrétaire de la Société des Arts de la Sarthe, etc.
(8,000 vol.). Le Mans, 1873, in-8..................... 1 fr.

LE MANS. — TYP. ED. MONNOYER. — 1879.

www.ingramcontent.com/pod-product-compliance
Lightning Source LLC
Chambersburg PA
CBHW051505060726
47596CB00007B/2930